1. **This book may be kept three weeks. It is to be
   returned on / before the last date stamped below.**
2. **A fine** J 891.623 /5-8 **very week or**
   part of

chtúir

n

ɔnnchú

O'Hanlon

D

CLÓ UÍ BHRIAIN
BAILE ÁTHA CLIATH

D1465319

An chéad chló 2002 ag
The O'Brien Press Ltd/Cló Uí Bhriain Teo.,
20 Victoria Road, Dublin 6, Ireland.
Fón: +353 1 4923333; Facs: +353 1 4922777
Ríomhphost: books@obrien.ie
Suíomh gréasáin: www.obrien.ie
Athchló 2005

ISBN: 0-86278-792-0

British Library Cataloguing-in-Publication Data.
Ní Dhonnchu, Dairine
An Dochtuir Dan - (Ri ra; 2)
1. Children's stories
I. Title II. O'Hanlon, Bronagh
891.6'235 [J]

2 3 4 5 6 7
05 06 07

Fuair Cló Uí Bhriain cabhair
ó Bhord na Leabhar Gaeilge

Eagarthóir: Daire Mac Pháidín
Dearadh leabhair: Cló Uí Bhriain Teo.
Clódóireacht: KHL, Singapore

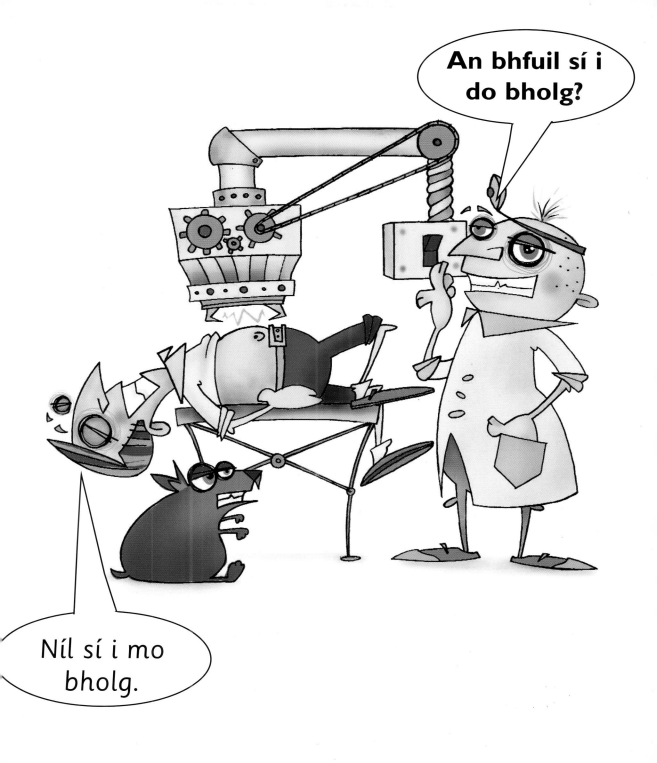